传心

米鸿宾 著

人民东方出版传媒
东方出版社

作者简介

米鸿宾，字贞观，又字妙隐，号十翼，独立学者。创有十翼书院（中国北京、长沙，日本大阪），门下遍布海内外，山长之才辈出，栋梁济济绵绵。

襄助门生创有东巴书院（云南丽江）、南传书院（云南西双版纳）、慧胤书院（深圳正威集团）、德锦书院（山东济南）、卓生书院（陕西西安）等。

秉承中国文化最优良的传承——学际天人，出入古今；究大易，谙经学，精五音，擅六壬，旁涉天文、历法与国史，略通古今之变。

海内外问世有《会心》《大易识阶》《米鸿宾名言集》（日本）《道在器中——传统家具与中国文化》《六壬神课金口诀心髓指要》《神奇桓仁——中国易学标本地》《东巴的智慧》等十余部著作，即将出版《中国色彩智慧》《名词中国》《人中宝鉴》等著作。

目录

自序

传心之喜

（一）

唐·黄檗禅师《传心法要》中言："上乘之印，唯是一心，更无别法。"

（二）

太虚大师赞宗喀巴道："惟师与我，志趣相当；千年万里，不隔毫芒。"

（三）

智海澄波，虚含万象，自出机杼，华开锦上。

今花间选句，但说人世杂话，愿以珠玉之音，贯玄凝之妙义，作终古之常规，成济人之幽功。

2020年孟夏令日
于北京十翼书院

风骨

001

真人一语，可洗百生滞尘！

002

山药能治人间病，圣言可医世上愚。

003

真君子，在朝美政，在乡美俗，能让所在之处，化为锦绣之地，并具豪迈之风。

004

你能——看别人看不到的，听别人听不到的，想别人想不到的，做别人做不到的，你就是高人！

∽ 005

　　这个世上，有那么多圣贤的经典在帮助你、呵护你，希望你的生命能成为一本正经，可你却仍在自暴自弃，这简直就是糟蹋生命！

∽ 006

　　有能力、有担当、有资本、有经验、有德行，五者具足，乃国之重器也。

007

　　有名气之人，未必有益。

008

　　清醒和旷达，是智慧的特质。

009

　　善迹不如善果。

010

　　很多看似愉悦身心的事情，其实是损害人时间和德行的媒介。

011

　　智慧不拘泥于形式，自律是智慧的护法。

012

　　真实无伪地做到，才能得道。

013

这世界根本不怕你强硬，就怕
你全然的柔软谦和，以至于灾患也
无从下手。

014

什么是柔？柔，不是无原则的
心软、包容与溺爱，柔是对内心深
处的深刻反省与自觉担当，柔是生
生不息的精进与善业并行的包容。

015

人要有应机表法的能力。

016

智慧是真正的不动产。世间最大的利益，就是能让自己增长智慧。

⌒ 017

世有非常之人，方有非常
之事。

⌒ 018

无言之教和无为之益，更甚于
有为之作。

019

信心是一切增上的资粮，明师是一切无明之灯。

020

自信从哪里来？自信来自随时随地腾空而起的翱翔功夫。

021

很多时候，放弃初衷，也是一种殊胜！

022

技术再强，都要能超拔于谋生境地，因为生命还需要活泼、通达和高昂。

⌒ 023

　　于不经意间相遇、相知、相益、相安……心灵在清澈与自由中任意翱翔，这种幸福无与伦比！

⌒ 024

　　什么是道？万物势能不断在空有显微之间的展示，就是道。

025

　　能让所接触到的一切，都转向智慧向度，才能获致圆满无瑕的人生。

026

　　什么是精进？就是无私地行持善法。人若能如此，则时时有一溉之功，久而久之，生命必趋高境！

027

清净心是一切信仰的基础，你越清净，就越有活力、缓释力和超拔力。

028

人生最大的功劳，莫过于——给世界留下一片片生机……

029

　　天地之道，春温秋杀。若能接
人如春气，律己用秋气，则生机满
天地。

030

　　无论是金刚怒目，抑或菩萨垂
眉，其内在发心，都应朝向生机盎
然的方向。

031

　　能够给人以生机的人，才是有德之人。要知道，每一个生命鲜活的当下，都是生日；每一个醒励世间的善缘，都是生机。

032

　　拥有昂扬、川流不息的活力和安稳的生命方向，在不动声色中一路凯旋而上，才是饱满的人生！

033

　要这样发心：愿我今生现在所做的一切，即便是错误的开始，最终也走向智慧的方向！愿我分秒中的所作所为，能善化更多苍生。

034

　一个人，千百年后，仍被传颂，方是经典人生。

035

何为无法无天？理昏法昧，如盲行暗，动致颠陨，如此便是。

036

明理和除障，要并行不悖，否则就成了有向往、没能力的自我诽谤了。

037

　　道在百姓日用之中。要能在贪
爱和妄想的背后，汲取到智慧。

038

　　人一旦安住于智慧之中，齐天
之洪福便会随之而来！

039

　能从平常现象的显微无间之中，证得般若智慧，便是玄妙！

040

　超然物外——一切法，皆是工具。以此见地而尽人事，则天禄永相随！

041

　　习惯决定性格，性格决定命运。任何习惯，最好都在它尚未形成之前，从起心动念时就防微杜渐。

042

　　真谛在行间——唯有真实无伪地精进，才能出离陷溺。

043

生命的意义，在于各种各样打磨中的向上蜕变！

044

什么是书卷气？就是能随时绽放出芬芳的书香味道。

045

　　安心四海处，善待当下时。

046

　　与其在别处仰望，不如比肩
圣贤。

047

富，是数字堆起的；贵，是庄严累积的。富贵气均有，才是真正的大福报。

048

能够借自然之力，顺时施宜、顺势而为，才是"道法自然"的大智慧。

⌒ 049

一切骄慢者，都是不自重
的人。

⌒ 050

人生最大的事业，就是照顾好
自己这颗心！

051

把心养好，把人做大，让智慧丰沛，让慧命长光。

052

缺乏虔诚心和清净心的人，即使遇到了智者，也会糟蹋了自己的好运！

053

　　任何方法，都不能劫持智慧。
要能将很深的智慧带入行动中去，
不能让行为摧毁了你的修辞！

054

　　对于今生，我们所拥有的只是
使用权，因此，一定要善用它，并
要珍惜一切无法磨灭的因缘！

055

努力做一个活色生香的人，不让生命在时间、空间、物质上钝化，才是我们生命中饱满的分量所在！

056

超越感官控制的常识，会改善你的价值观。

057

　　真正的高手是极高明而道中庸：在不动声色中展示功夫，极精准而有余地，不急不躁，不炫不比，心念沉潜；循理而动，顺势而为；思维柔软灵透，不僵不板！

058

　　做任何事，方法、方向和恰宜的工具，都是最重要的因素。

059

那些来得突然的，走得也会突然！

060

天下之道，路路不相左，法法不相违——若相违，则为非法。

∽ 061

天下无有一物是废物，在智者那里，万物都可以证道。没有证道，还是无明。

∽ 062

《辅行诀》说："上等药，味重气轻；中等药，气重味轻；下等药，气味俱重。"上等药养命，中等药养性，下等药治病。细细思来，物性与人性，无二无别。

063

人生如梦，不要试图去改变别人，更无须动情。你唯一要做的，就是善护自己的心念。

064

不要用情绪去示威，要用生命去摄受。庄严是生命最重的分量！

065

　　人生如季节，有很多分离是一
别两宽、各生欢喜的。

066

　　能与圣贤精神并蒂，你就趋入
了智慧和财富的玄关。

067

只要发心正确，只要你敢为，天地间，一切所遇，都是增上缘！

068

静晰心念，上提精神，优化时间，专注能力，时间久了，你现在想要的，日后往往都会有！

069

心心相印，以水投水，光明磊落，皆能惊天动地！

070

一颗与自然时时同在的心，会令人不断觉醒。

∽ 071

先见之明是神明，是人之高境。精明是小聪明，神明是大智慧！

∽ 072

无私地做事，才能万法皆明，才是大智之人。

073

　　人与人仅仅身体相遇还不行，
还要心灵相遇，如此，生命才会
焕丽。

074

　　任何时代，财物都不是最值钱
的礼物；最值钱的礼物，是远大的
前程。

075

立志便是续禄。生命若无续禄，日用中你仅有的那点儿福报，很快便会禄尽而亡。

076

能将名利、智慧等一切都落在实处，才是真正的踏实做人。

077

　　不要想着让自己有钱，而是要努力让自己值钱！这才是真正的安身立命。

078

　　展示慧心，精勤践行，不疑不惑，不动机心，不去造作，不黏不滞，应机而化，最终一定会凯旋。

079

让生命昂扬，朝向庄严与伟大而去。

080

这世间有一种喜悦，是你能让人别开生面、心潮澎湃、喜不自禁又无以言表！

081

　　不识天时之佑，不晓地理之害，不知人之美恶，更不蓄德，如何能称得上是君子？

082

　　无怨便是德，精进便是禄。

三

见
澈

083

有道，才能更好地报国！

084

一切有情生命长久的屹立，无不源自智慧和信仰。

085

心若能恒立于清静恭俭处，则智慧必不离不弃。

086

万物都向虚中求实。明此理者，应恒时发心：愿所有的因缘际会，都凝为智慧的源泉！

087

欠缺自然禀赋和精神禀赋的
人，往往不懂得敬畏自然和虚无。

088

不要羡慕那些由上天注定的
事，要忠实、专注、有功德地做好
自己，否则，这辈子就空过了。

089

　　在追名逐利的道路上，早已人满为患；而在践行智慧的道路上，却冷冷清清……

090

　　我们连善待自己都很难做到，至于善待他人，该何其有限和匮乏？！

091

"思曰睿","睿作圣"。(《尚书·洪范》)睿,通微也;见他人之不见,察他人之不察。众人只知浪费时间、钱财是浪费,却不知不能通微才是生命中最大的浪费!

092

古今智慧,应机证法——应当下机、辨当下证,享当下福,安当下心。

○○ 093

　　心性的境界和智慧的层次，与
刻苦和历练不成比例。

○○ 094

　　长久陷溺于无明中的欢愉，就
会远离庄严和智慧。

095

一切圆满的抵达，离不开向往心和恰当的方法。

096

公平不在大小，在心无挂碍处。

097

　　凡接人待物，无脱于憎爱与净秽之妄情者，皆非智者。

098

　　天地有序，各就各位，有物有则，各自饱满。

⌒ 099

　　天地化滞人——人生要多去认真地旅行，因为旅行就是猎艳——攫取生命的艳阳时光！

⌒ 100

　　人心慈柔温暖的相照，是大爱的特质之一。

101

　知天道、懂取舍、知足、专
注、无愧、有德，是成熟的重要
标志。

102

　对智慧而言，穷多奸诈，富长
良知。

103

　　一代更比一代好，才是真正的富裕人家。

104

　　"随缘"二字，很多时候是人们对事情的无奈放下或自我麻痹的借口。

105

人生吃了聚，聚了散，纵有谈说，亦不涉典章，尽是人间杂话。汲汲于一期之乐，却不念乐是苦因。时光淹没，岁月蹉跎，言行荒疏，懒惰因循，亦未尝反省：内无精勤克己之功，外无弘化不谇之德，于国于家无望，永坠幻质，到头来，华发掩人，一生空过，自欺欺人，后悔难追……

106

求知而不纳行，则智短人穷。

107

　　人生，守正出奇。不能守正，就不会有磅礴光明的未来。

108

　　事情一旦不按预想而来，就焦虑和暴躁，陷入自我怀疑、自我否定、自我受辱、自我虚荣之中，乃至情绪剧烈地波动……这是"贪"之病。

109

命运可以改善，但需要智慧和出离心。要感恩给你带来这些内容的人和事，并要抓紧改善！

110

读了很多书，却没有输出功夫和品质，这是难以想象的悲剧。

111

不能身体力行，却只是夸夸其谈，这就是在自诽自谤啊！

112

一切都有迹可循，时光早已为生命埋下了一切伏笔。所有的相遇，都是在履行命运！

⌢ 113

能做到全然地自然而然，才会有神明在。

⌢ 114

生命中，神明若在，智慧就在。智慧是随神明而起伏的！

⌒ 115

很多人并不清楚天治人的方法
有哪些，但却人人都亲历过，比
如：烦恼、沮丧、迷茫、无奈、痛
苦、纠结、抑郁……

⌒ 116

浊富损三代人！良知在者，岂
不慎哉？！

117

因果是自然规律，非为宗教所属。万物势能在不同环境中会产生不同的能量指向之变量，这便是自然辩证规律。

118

因果不虚，世事有常。无论善恶，它都不会误会你。

◠ 119

你若心中有道，便知：出入聚
散，无非因果。

◠ 120

世无全人。欲得大精进，须用
忏悔之光，来澈照晦暗。

121

人生的重大节点，不是设计出来的，都是因缘所致。除非有足够的福报和能力以及智慧，才能改善或改变它。与你信否无关。

122

凡做事，要动心——先打动自己的心，再打动别人的心，于事则几无不成者。

123

要尽最大力，放下自私、贪
婪、嫉妒、傲慢，并遣除愚痴，这
是善待自己！

124

世间很多因循的想法，都很鬼
魅。丰厚的物质财富，也不能解决
我们内在的崩溃、无聊、沮丧、茫
然和痛苦……

125

人人都需要为生命来一场宁静的革命，让自己抵达更高的人生境界。而欲至于此，就必须有辽阔的精神结盟——要比肩圣贤！

126

凡夫迷茫，多以利为智，命浊矣！

127

　　人生，能如实地反省，也是一种殊胜的增上力。

128

　　灵明只安住在干净和寂静的地方。可是因为欲望多，脑子脏了——号称是万物之灵的人，也不灵了。

129

人生有两件事最值得用生命去做——护法与护生。

130

凡物必为养性而来，若以性养物，则神识颠倒。

○ 131

　　无论走到哪里，都能够发现神圣，这是智者必备的功夫，更是人之洪福！

○ 132

　　福报的累积，主要来自发心，要发那个当下涵容一切的心，发那个与万物同根一体不执着的心，这也是心无挂碍的智慧。

133

　　要想长智慧，就要经常清空自己！因为，智慧的土壤中，没有逻辑和黏滞。

134

　　清空自己，要学会忘掉所有的欢喜、烦恼以及爱恨，渐至健忘一切，让心如明镜！

⌒ 135

大千世界，天网恢恢。成、住、坏、空，聚、散、离、合，一切都在有序地进行，无一"乱"字可言。平心而待，即是庄严生命。

⌒ 136

善法是智慧的体现——但由于虔诚心不足以及心念不清净，导致善法稀缺！

137

　　每个现象，都饱具令人修行的深意；每个片刻，都显现张望生命的另一种境界。

138

　　人要学会与自己和解，与人和睦，与社会和谐。

⌒ 139

　　一切现象，都是我们生命河流瞬间的投影，我们在体验各种法要的随起随用中，更要能够随寂、随灭、随时地放下。

⌒ 140

　　精神的聚焦点，是生命重要的投影源。

∽ 141

狂风起于青蘋之末，巨浪成于微澜之际，良友交于微末之时，真谛合于方寸之幽……要能让神思通达于显微之间，直接与天地生机相契。

∽ 142

我们没有理由沦为念头的奴隶。

∽ 143

勿以别人的体验替代自己的体验，要学会在身心的放大中汲取智慧。

∽ 144

人无我，法无我，则为真空，真空则无拘无束。

∽ 145

要无负今日！每天检视自己的收获，不是检视获得的感觉，而是检视增长了多少真实无伪的心力！

146

　　钱不是争来的，是靠福报汇聚来的。

147

　　何为大福报？譬如一木：不伐，不风拔，不水漂，不破折，不腐，不为庸人所材，不及于斧斤，不为人所薪，但出而为栋梁，是为大福报也！

格

物

⌒ 148

　　《诗经》曰："天生烝民，有物有则。"这是中国文化格物智慧的立论基础。也正因万物皆有自己运行的法则，才有了格物智慧。

⌒ 149

　　经典是纯阳之物、无方之药、无价之宝。读经典能够补阳气，采经补阳是长生之良药。

○ 150

　　生命需要功夫和境界，而真正的功夫和境界都是不需要粉饰的。

○ 151

　　功夫不灵，乃偷心仍炽、道心不固、见解不澈所致，其结果，必举身积伪！

152

中国文化强调"顺势而为",孟子曰:"虽有智慧,不如乘势。"世间一切的变化规律,都是势能的变化规律。能识势,是你最应拥有的智慧。

153

要学会随时温柔、恭敬、亲密地对待所遇到的一切,去感知万物的势能。

154

做学问的最高境界是——通身
是眼！

155

圣人之心，有物有则，取法天
地，明澈物我，故知有格物之功，
息乱明德，而后悉礼达仪；古往今
来，未有不取此道而达圣智者也。
若非如此，则如盲人摸象，因叶障
目，或溺或蔽，既无光己之能、活
人之功，更不复回光之力。

156

圣人慈悲，授人以察微知著的格物之法，救民于水火的同时，令人各安其位。可见，化民有序，才是大德大慧。

157

阴阳是中国哲学的基础，五行是中国文化的基本结构，天人合一是中国文化的核心命脉。不谙熟此道，则无以抵中国文化之神韵。

○ 158

　　什么是格？《说文》释为"木长儿"，喻为找到事物的特点。什么是物？周代尹喜曰："凡有貌象声色者，皆物也。"

○ 159

　　什么是格物？格物，就是探究万事万物势能发展变化规律的学问。它为人们提供先见之明、顺势而为、胜物而不伤的方法和智慧，使人能在生命的成长中具有各就各位、各自饱满的能力，也是抵达中国文化的功夫和境界的路径。

160

　　格物维度有三：天、地、人。即格天（天文）、格地（卜居）、格人（鉴人），三者之中，以人为本。

161

　　宋代朱熹在《朱子语类》中说："格物是梦觉关。格得来是觉，格不得只是梦。"可见，格的是物，知的是自己。

162

格物智慧诀窍

同声相应，同气相求，
事事相关，物物相应；
远取诸物，近取诸身，
其大无外，其小无内。

163

中国文化的核心精蕴是功夫和
境界，而格物是功夫、明德是境
界，除此之外，别无生面。

164

格物智慧象为先，识势识因妙难言；但能做得主中主，便是人间活神仙。

165

凡所学，要能在生命中产生真实的作用，才是知行合一。

∽ 166

　　修证而少细行，虽能出众，不算有道。天下大理虽知，惟细行是证。

∽ 167

　　看看那些被心灵鸡汤浇得劈头盖脸的高知们，就知道什么是顽固不化了。

168

　　凡事能心中有数、了了分明，更能做到胜物而不伤，就是法眼无瑕。

169

　　天不变其常，地不易其则，人不忘其道。一个环境，你奈何不了它，但它却能奈何得了你！这叫"地久方知地有权"。

170

人生最重要的事情，是能够让生命庄严——但前提是：你要有先见之明的智慧和不因时空转换而迷失自己的能力。

171

言下明道，见己澈人，即为会心。而会心之语，即可化满头狼藉，亦可止波波浪走。

∽ 172

　　万物都在说法，看你如何着眼？一切均是考验，试你如何用心？！

∽ 173

　　每个念头都是工具，要学会驾驭工具，而不是被工具驾驭。

174

一个念头就是一个大千世界，只不过很多人神明失身，丧失了投影功能，看不清而已。

175

"为天地立心，为生民立命，为往圣继绝学，为万世开太平。"（北宋张载"横渠四句"）

"为天地立心"，立的是恭敬平等之心；"为生民立命"，立的是护法、护生的慧命；为"往圣继绝学"，继的是证道的方法；"为万世开太平"，开出的是无有染污的清净太平之心。

176

　　真正意义上的自力更生，就是要给自己以更接近和窥知秘密的能力，让自己成为离秘密越来越近而秘密却越来越少的人。这个能力，在中国文化中，就是格物的功夫。

177

　　"福祸无门，惟人自召。"你的心，用力在什么地方，便能感应到什么，这叫"同气相求"——譬如，走在街上，坏蛋看见坏蛋都眼熟！

⟿ 178

什么是绝学？绝学就是：随取一法，蕴于心中，便可以安身立命！

⟿ 179

万法归一——儒家是：以虚致实；道家是：唯道集虚；佛家是：心动法生；医家是：观于冥冥。

∽ 180

　　以惟一和第一之心来安身立命和报国，何来身之不起、国之不振！

∽ 181

　　明德知大，格物悉微；明德洗心，格物息乱。

182

　　读书不落在"格物"与"明德"的境地上，都是未熟的瓜果。若出而传道授业，则往往是毁人不倦，出焦芽败种……

183

　　一个精习格物、通达经典的人，在哪里都是火种，都能把智慧重新点燃！

184

由于法不归位，背离学问核心，无有格物功夫，导致所学乞灵于逻辑、概念、名相、权威、文化光环和既得利益的堆砌中……歧路狂奔，如盲行暗，用稀有大好青春，到处进行僵尸大战！生命陷溺于低品质的轮回，永不得见光风霁月。

185

学习格物智慧要清楚——表相的分别，是为了有效地落实和践行慈悲力和各就各位的能力。

‿ 186

今人于传统文化之求学，最大的不足，就是缺少"宗经、涉事"的功夫——很少有人认认真真地精通一本经典，往往都是小技抱身，然后道听途说，在外流浪，不能登堂入室。你看，那些只谈技术、手法、案例……而不依经典开理者，到最后，多沦落为术士，更甚者，往往业力深重，受报余殃。这就是或有术无道或理明法昧，没有让生命成为一本正经，不堪道用的结果。

‿ 187

学习经典，若没有体验的智慧，就是离经叛道！

188

有人问我：学习传统文化，学习天干地支和八卦，究竟有什么用？我说：人生需要四种境界——先见之明，难得糊涂，独善其身，兼济天下。

189

天下无一物是废物，天下无有一法是定法。凡称定法者，皆非正法，乃法无定法，圆活变通，应机为上。

⌒ 190

凡事，都可以在不动声色中见道，无论贫富贵贱都不妨碍你载道的功夫，这叫不让时间变质。

⌒ 191

生命的成长，需要的是见道的功夫、无情说法的功夫，而不是知识的堆砌、概念的藩篱、生命的自我钝化。心中若有一线真光明，生命定有万里神光在。

∽ 192

人生如过河，欲到彼岸，需依舟筏，这舟筏便是善法；有了舟筏，需人指引，这人便是明师；有了善法和明师，生命就会在更高处运行，这叫不废！生命运行到心不附物之境，这叫真修行；修行能让自己稳住于空性之中，这叫解脱……

∽ 193

身心不仅要能在粗犷处安立，更要能够在细微处腾达，这样才能学会格物的智慧，才知道如何明德，也才会有中国文化的功夫与境界。

194

　　大智，在躬行，不在感慨。

195

　　人人可以壁立千仞，全在深心
与大力！

○ 196

什么是信仰？信，具有三特点：不疑性、纯洁性、向往性。仰，是对自然与智慧的追慕、践行与敬畏。信仰不仅仅指宗教，学习本身也是一种信仰。

○ 197

山高风易起，海深水难量！能传法脉者，必有勤恒之助；能拓疆土者，必得灵明之佑；能明旁心者，必备忧人之德；能接盛名者，必承诽谤之扰；能进慧命者，必遇天人之师；能入芳华者，必存贞观之志！

◠ 198

　心无旁骛的体现是：不花时间
去印证他人的优劣是非，只印证自
己每一个当下的真伪杂纯。心思若
能如此清明，则何业不成？！

◠ 199

　人如何充盈于天地？心要大而
无外，小而无内，以至于无垠，既
要有生生之力，又要有能载之德。

⌒ 200

"静久则明"——身心静透了，智慧必来！

⌒ 201

中国文化发展的四个重要阶段：1.先秦思想；2.两汉经学；3.魏晋玄学；4.宋明理学。

其中，先秦思想是中国文化、中国智慧、中国文脉、中国哲学的根基，宋明理学是中国文化发展的巅峰。

202

中国文化的核心特质可用十个字来表达——内圣外王、天人合一、中庸。

203

中国文化讲求圣化的教育，追求见贤思齐、比肩圣贤的教育方式。与其在别处仰望，不如与先贤并肩。

204

抵达中国智慧的路径——宗经、涉事、守先、待后。

"宗经"就是你一定要精通一部经典，依此来安顿灵明；"涉事"就是要用经典的智慧来指导生活，饱满生命；"守先"就是要好好继承往圣先贤的智慧；"待后"就是要饱学饱识，以待后人继承。

205

中国文化的核心经典是:《诗》《书》《礼》《乐》《易》《春秋》；底色是：天人关系。

206

中国文化的实践脉络是《大学》之儒学八目——格物、致知、诚意、正心、修身、齐家、治国、平天下。

207

一切的学习，都要落地。落在什么地上呢？要落在心地上。只有落地才能生根！

208

什么是玄关？古语云：一窍通关作大媒。玄关就是"窍"，若用在建筑上，就是门的位置。这也是"开窍""窍门""通窍"等词语的来历。

209

　　儒、释、道三家——互相濡染、互相补充、互相竞赛，各有性格，相得益彰，没有高低、替代、否定和颠覆。它们都在认真地表述生命——这是中国文化的基本精神，也是所有文化之共识。

210

　　读书不在多，能咬住几句，便有大用；明理不必言，真知晓数语，即能充饥。

211

通达之师，句句诛心，情情相
悦，上下相启，处处相智。

212

讲经典却不能通经致用，教知
识却不能以此安身立命，这种没有
实证体验的传授，谓之师德无存，
亦会以学术杀天下后世！

213

"洁静精微,《易》教也。"(《礼记·经解》) 一个人, 若没有洁静精微的心, 即便日日做事, 那也是时时欺天。

214

看到未必做到, 走近未必走进, 理解未必道解, 开悟未必证悟。

215

一切法，都是从此岸抵达彼岸的工具，其最终目的是上岸。因此，所有的动机，都不应该被"法"所劫持！

216

人生要一门深入，深养定力。有定才有慧，有慧才有无畏之安！

⌒ 217

专注出天禄，散淡废灵明。无论任何善业，专注地做而不止，都会有惊天动地之功。

⌒ 218

生命中，最大的能量便是清净心。它的丰沛程度，取决于我们摆平所有细节的能力。

219

经不离道，道不离经，以法
见道！

220

一个真正的有道者，他所遇到
的一切，都是法器！万物都是他证
道的工具。

221

有道之士，因资财之故，传非其人，是为枉法。

222

人世间，万物自有天数，各自皆负使命，不可强求。但须顺应天时，进而不取，贫而不移，富而不淫，高而不傲，低而不卑，念念圆明，坐断十方，到头来落得白茫茫大地真干净！

∽ 223

　　虽说一切"相"皆为虚妄，但他们都是证道的舟筏，因为人们有很多心灵旅程，都是因由这些"相"才被触发的！

∽ 224

　　表相即表法。但有表相，即有表法——一个人的相貌，就是表你的活法。可以展现出是人住在你这里活，还是鬼住在你这里活！

225

君子不器，君子为天下食。君子不是饭碗，君子是碗中为人立命的资粮——这个资粮就是道！

226

一个人，生命中有多少真实的智者，决定了生命净化后的高度。如今，这本该有的高度，却在自己各种各样的喜欢中，在不断爱慕和执着的过程中，丧失了无数被智慧和敬畏照亮的机会。

227

水不洗水，尘不洗尘，遇事要
与得道人商议，否则，众生互相
染污。

228

遇难事，举重若轻，才是大
才；遇情绪，不废宗旨，方为
活人！

229

能应机知微，触类而旁通，则天下尽在其心矣。

230

眼耳鼻舌身意，个个都是证道的法门，问问自己：几十年来，都是如何荒废它们的？！

231

　　人的一生，最该澎湃、最应光
芒万丈的是智慧和信仰，要以有义
之心，做万世之事！

232

　　要知道，读书是为了明理，为
了润身，不是为了贩卖。而明理，
只有一条通途——你必须会格物之
学！否则，无论你读了多少书，能
文饰多少内容，临到涉事时不省人
事，则颜面尽失矣！

233

无明是最大的恶！引人入暗者，便是恶人。

234

遇事能断，方为真君子！

235

真君子，能助人亦能救己！

236

人生本没有对错，错的都是那些生生的执念！那些执念，让我们站成了一个个彼岸。

〜 237

　　经典中的每句话，都没有为难我们，都是在用真心对待我们，都能在我们走投无路时给予回光返照般的照见。因此，值得我们用生命去珍惜、去践行！

〜 238

　　无论别人如何不如你的意，心中都不要有怨尤，因为"无怨便是德"，他们的行为不妨碍你做君子！

֍ 239

对参学进道而言，凡菩萨垂眉、金刚怒目、雷霆风雨俱是恩惠。若不经此霹雳手段，则不能出格透网也。

֍ 240

知行合一，真谛在行间。一切精进，皆可令生命如枯木生花，常得不意之喜！

⌒ 241

所谓通经致用和知行合一，就是要我们先证悟"法无我"，依此便可断除见惑。这也是真实无伪地具有中国文化格物功夫的美好所在。

⌒ 242

行辞并辉，才是智者。真正的勇猛精进，就是要随时随地，不给自己任何可乘之机。

五

益

生

243

　　鲜花瑞草，非时不生，非势不茂。可见，做任何事情，都应首先考量适合生存的背景！即：是否得时，是否得势。

244

　　顺时施宜，勉力而为，清净如法，不黏不滞，是长生之窍要。

245

欲求养生之道，则静中求心静，动中亦求心静。依此常行止念，则寿必盈！

246

有很多优质内容可以助益生命，譬如沟通、体贴、大气、认错、调柔、容忍、放下、识势、规划等。

⌒ 247

但凡能令你广开慧命者，皆有
再生之德，定勿忘所受之恩。

⌒ 248

增长慧命的方法有很多，但积
诚致慧是亘古不变的核心。

249

富贵稳中求！因为，稳就是快。

250

要学会在不断的赞美之中激活人我，创造生机。

⌒ 251

不断提高见地，才能有效启动生命的免疫系统。

⌒ 252

因为愿力大，便有力量可爆发；因为功夫深，所以放得下！

☞ 253

赞南阳慧忠国师

造化何可寻，万法广无垠。
安得一片云，尽洗尘垢心。

☞ 254

　　要好好训练心如明镜的功夫——能照和能静，早日拥有见影知竿的能力。没有见影知竿的能力，日子会越过越难！

255

看得见的疾病，看不见的势能规律，一切都在有无之中。

256

千万不可让概念误了平生！

257

很多善良的心，因为缺少饱满的智慧，让生命展示出多姿多彩的无明和烦恼。

258

人生是在肉体和精神双向较量的平衡中得以长寿，这是对"一阴一阳之谓道"的表法。

☞ 259

　　患难见真情，这个"难"，包括疾病、灾难、教育、知识、匮乏等需要外力帮助开解的内容。

☞ 260

　　打通自己，自然就能打通外界。

261

因为缺少智慧和勇气，有些事，即使看得透，也斩不断，所以生命便会缺少坚毅和光芒，甚至有时一团漆黑……做事不彻底的原因就是：哀莫大于心未死！

262

无怨便是德——要学会从各种现象中，汲取让自己昂扬成长的势能，这才是大智大福！

263

　　世间所有的学习，都是为了养生——养己与养人。

264

　　内在成长有限，不足以支撑生命所向，便会不断陷入迷茫。

⌒ 265

人生如梦，可这梦中亦有数不清的罪过。

⌒ 266

人若能自净其意，取好用之，便有无量曼妙于绵绵之中明媚人我，此为大吉祥！

267

　　我执是蝉衣，而转念是曼妙的羽翼，蝉若要展翅高飞，必须蜕去蝉衣——人若要真心改变自己，就必须衰减习气，从心改变！

268

　　有的人，为了某种精神向往而去放生。但更应清楚：解放自己也是一种放生，并且每个当下都可以践行。

269

病是自家生。只有生命被激活
之后，自己才能发药！

270

偏见、谩骂、暴戾、肆无忌惮
地释放无底线的情绪，这是生机匮
乏的标志。

271

　　人若有自力更生的能力，则危
机皆可为生机。

272

　　能将是非和委屈，活成昂扬的
机缘，是福报和智慧的表现。

⌒ 273

　　一个人情绪多、猜忌多，都是智慧不足的表现，如此绵延不已，更会多歧自误、福慧双损。

⌒ 274

　　疑心生暗鬼，过虑损精神。

◠ 275

千回百转的猜忌，无事生非的疑心，不仅会广折福报，更会导致人情永诀！

◠ 276

人生本来美好就少，谁愿良辰用来内耗？！

⌒ 277

心若黏于实处，则一切都是苦；心若空无一物，则无苦集灭道。

⌒ 278

吾心虽可盈万方，但伴青天不染尘。

279

为什么子女多忤逆？多因父母心性有亏损，以及赚了昧心钱。

280

人生，要多跟能激活你的人在一起，而不是仅仅去找爱你的人。

⌒ 281

生命与生命之间，能在庄严上相见，才是最珍贵的！

⌒ 282

有生于无——世界上最贵的东西，往往都是"无用"的。烟花虽然绚烂，但比烟花更珍贵更易被人忽略的，却是黑夜！没有虚空中的这个黑夜，再美的烟花也会丧失饱满的绚烂。

283

一定要学会笑，笑是喜神，是生命的光辉，而冷漠是光辉的污秽。

284

所有善业，要能做到顺势而为，胜物而不伤，才是真正的上善！

285

自律之人亦无法阻止路犬对其乱吠。可见，任何人都不能阻止外来议论。对此，只要问心无愧就好。

286

一个人，把世事看得越清楚，就会越孤独和冷静，而往往也正因如此，才能不断进步！

287

虽说常识是生存的基本认知，但更重要的是，要能从常识中证得智慧，否则，常识就成了罗网，缚人一生。

288

以俗眼看是非，则是非无尽。以道眼观是非，则是非自净。

289

时不时地哀鸣，是没有意义的，都是情绪的贩卖和宣泄，到最后依然是人鬼不分！

290

人生要有穿云度月、处雪眠霜、胜物而不伤、随时腾空而起的功夫，方能法席大盛！

291

超越是非胜负、爱恨输赢之上的真实之勇气，是人生弥足珍贵的精神资粮。

292

安心可益气，轻身可耐老。

293

一个人，养好精气神，不要做随波逐流的尘埃和泥沙，要厚积薄发，成其伟大！

294

世上哪有什么成功学？只有诚意学！

295

　　天道酬诚，任何精细的交流都是靠诚意和会心抵达的。

296

　　很多人在种种绵延不绝的迷失中，终其一生都未能看清自己的良知。

297

人生要能"圆尔道,方尔德;平尔行,锐尔事"(《关尹子》)。其中的"锐",是指行事方法要精锐得宜、简洁干练、了无后患。为人若能如此,则必定"胜物而不伤"。

298

人与人,若不能抵达心有灵犀之境,则虽近亦远。

⌒ 299

发心很重要！人若时时葆有觉悟之心，则处处都是契入智慧的机缘。

⌒ 300

度人先度己！也不知这一生能否真正地醒来？

⌒ 301

　　庄严、如法、智慧、饱满而轻灵地活着，生命才会美不胜收。

⌒ 302

　　念念能印心，则念念可佑人。

⌒ 303

　　凡用小聪明来接世者，世界对他都是先刃后糜！

天下善

∽ 304

明师为天下善。

∽ 305

真正的师者，不是概念、常识的灌输者。他本身就是道体，所以他能传道、能拆解你。

306

传道乃传心！但由于缺少虔诚心，致使我们还没有被智慧渗透！

307

从师之道，在于先师其迹，再师其心，及至锤炼有年，终师造化——若能见过于师，是为出类拔萃！

308

为人师，要明向上之事，能继席领众，方可使慧风大振。而不沛慧风，便会常出自取其辱之事。这便是自得本途！

309

把经典讲得越来越复杂，其因有二：一是真的不精通；二是有什么图谋。

☞ 310

学习要学会"一步登天"——一步登入"天人之际"的智慧中去。

☞ 311

读万卷书，行万里路——在天地学堂，敞开心扉、虚心诚敬，渐渐地就能化出一个大写的人来。

312

人与人相处，最应光芒万丈的是智慧而不是资本。所以，师生、同学关系应是以智慧为纽带，为生命加值的关系。

313

让生命与智慧相伴，与志同道合者在一起，辽阔地成长。让我们更快地遇见更好的自己，看到更多的明媚！

314

　　精进的路上，觉得约束和压力大者，证明生命懈怠太久了，它源于懒和贪。

315

　　传法，代表师者对你的信任，但不代表你得了他的心法！

⌒ 316

　　如果所学，能够让你的生命焕然一新，那是因为，你得了心法！

⌒ 317

　　真正的良师益友，会将你的生命带到安宁之处，而非缭乱不堪之方。

∽ 318

传世经典，言不空发，字不妄下。一言一字，大有妙义。若能真正精通，则福慧无疆。

∽ 319

对于经典，我们能做的，就是发心传承和践行。

320

经典是美好的！但传承者要扪心自问：你有何德何能，让这美好继续美好呢？！

321

当你的所学所知，不是一个枯萎的约定，而是一个活体时，就必然能见到种种解脱的风光。

322

一个人不能将所学落实于生命中，究其原因，是定力欠缺、深心不沛！

323

请珍惜眼前点点滴滴的因缘。只有这样，才能更加增益自己的意诚功夫。

⌒ 324

　　人生无论做什么、如何做、为谁做，都应落在自己生命的实处。这是意诚之道！

⌒ 325

　　要在一切所为中保持妙不可言的修行，这是智慧生成之道。

⌒ 326

抵达智慧路径有二：一是极少
数人自悟（需有大根器）；二是多
数人依靠明师。而遇到明师不亲
近，是自己福德浅所致。

⌒ 327

不可拿道法当人情！酬对无滞
方可传法！

⌒ 328

　　那些仅会用言语来表法者，都是枉法之人。因为一切真知，都需要如理如法而行。

⌒ 329

　　世无圣人，只有诚心。不要在别人身上动你的聪明，动你的情绪；要动，就动你的诚心！

330

　　无染的清净心，卓越的见地，不懈的精进，是成功必备的资粮。

331

　　行事得体、不扰人心、处处柔润，消除二元对立，是大智慧者的特质。

∽ 332

　　行善也需要智慧。善心若无智
慧相伴，定生焦芽败种之事。

∽ 333

　　人之不悟，多在于——惟愿做
奴，不肯做主。

◠ 334

安心、会心、传心；此三心，若心心相续，则其福无涯！

◠ 335

理上清明，法亦不昧，才是真达人。

336

何种心地能任取玄意？答：仁静之心是也！人若静德饱满、面如平湖、心如止水，即可通身是眼，任取玄意。

337

能与万物打成一片，才是真功夫！做不到这一点而谈智慧，都是雾里观花、纸上谈兵、水中捞月、自欺欺人。

338

要想拥有智慧，就必须摒弃逻辑。因为逻辑是智慧的最大障碍。

339

人的一生，智慧之建构，如开城门——不开则死，开则鱼龙混杂、泥沙俱下；其中的功夫就在于你如何护城，如何能让生命得到真正的安住与尊重。

〜 340

　　何为精进？精进是自我尊重的外化，是对善法的不懈行持。

〜 341

　　平时不努力，未知来岁忧；蹉跎废岁月，烦恼亦倍收。

342

　　对于"事业"，世人只知有事，不知有业，更不知业之善恶。要知道，人世间，有一事便有一业。

343

　　有信心，才有法乐，法乐是证道后的结果。

∽ 344

人生，最昂扬的爱，就是法侣。

∽ 345

熟能生巧，邃深生明。真正的智慧，一定是从生命深处自然涌现的。

346

触目即真，见物即见心——此心乃天地之心。

347

无功德心，功成弗居。无功德心，不可与善业。

348

但凡增上缘，虽远必谢。

349

传世之书有三：经、诀、咒。

350

古有三不朽——立德、立功、立言。我有三不朽——护法、护经、护生。

351

做好你自己，就是立德；无私地襄助他人正业，就是立功；言语所出，教化和启发他人抵达智慧，就是立言。

352

能大化人心者，皆菩萨心肠与霹雳手段俱存，仁术与仁心并行。

353

有共同的精神骨血，可印心、可励意、可孕贤……这种生命与生命的砥砺，才是爱！

354

　　无私地帮助周遭的一切，就是在为自己种福田！最终受益的还是你自己，实乃添远禄之大经方也。

355

　　《论语·雍也》云："君子周急不继富。"《法句经·无常品·普贤警众偈》云："如河驶流，往而不返，人命如是，逝者不还。是日已过，命亦随减，如少水鱼，斯有何乐？"所以，君子最紧要的是要做救人慧命之事，而非费时去助人增长贪欲。

━ 356

一念之善，便可远祸！因此，做任何事，都首先要选择善良。须知：世间作业者虽众，而灭其担大者。

━ 357

《易》曰："积善之家，必有余庆。"祖德是我们生命中最后的德星，纷乱之际，尤为显著。

☞ 358

当你的才华不足以支撑你的野心时，你唯一能做的事情，就是安静下来去读书、去增长智慧！因为，此时，一切财与物、名与利，给你就是害你！

☞ 359

传业不传德，减师福禄，不可不明，不可不慎。

360

大人者，大德之人也！其生命，为人间留下了缕缕浩然气！无数后人，是在他们的气息中，渐渐长大的。

361

如何积德？俭以养德。最大的俭，是节约他人的时间，不挥霍其生命。那些只夺命而不造福者，皆为损友！

362

生命是用来证道的，不是让你来证烦恼的。我们的烦恼已经够多的了，不需要再累积。而若能转烦恼为道用，你就懂得什么是真正的善护生。

363

但凡让我们的生命走向更高处的人和事，无论以什么方式呈现，都是福报的显现，更是生命的美馈！

364

福报很重要。拥有见地也需要福报——没有福报，见不到贤圣及其慧言；福报少，见到了听不懂；福报多些，听懂了做不到；福报具足时，闻思修则水乳交融。

365

良师

愿得一良师，白首不相离；
生生心相续，世世永相习。

图书在版编目（CIP）数据

传心 / 米鸿宾 著 . —北京：东方出版社，2020.7
ISBN 978-7-5207-1582-9

Ⅰ. ①传…　Ⅱ. ①米…　Ⅲ. ①随笔—作品集—中国—当代　Ⅳ. ① I267.1

中国版本图书馆 CIP 数据核字（2020）第 112644 号

传心
（CHUANXIN）

作　　者：米鸿宾
责任编辑：王延娜
责任审校：曾庆全
出　　版：东方出版社
发　　行：人民东方出版传媒有限公司
地　　址：北京市西城区北三环中路 6 号
邮　　编：100120
印　　刷：北京汇瑞嘉合文化发展有限公司
版　　次：2020 年 7 月第 1 版
印　　次：2020 年 12 月第 2 次印刷
开　　本：880 毫米 × 1230 毫米　1/32
印　　张：6.875
字　　数：14 千字
书　　号：ISBN 978-7-5207-1582-9
定　　价：68.00 元
发行电话：（010）85924663　85924644　85924641

官方微信平台

ISBN 978-7-5207-1582-9

9 787520 715829 >

上架建议 心灵随笔/人生哲学

定价：68.00元

天猫旗舰店：人民东方图书音像旗舰店 https://rmdftsyx.tmall.com
京东旗舰店：东方出版社旗舰店 https://renmindongfang.jd.com
微博、博客热搜：活法在东方